SOPA DE PIEDRAS

CONTADO E ILUSTRADO POR
MARCIA BROWN
Traducción de
Teresa Mlawer

LECTORUM
PUBLICATIONS, INC.
111 EIGHTH AVE., NEW YORK, NY 10011-5201

SOPA DE PIEDRAS

Tres soldados cruzaban un camino a través de un país desconocido. Volvían de la guerra muy cansados y hambrientos. En verdad, no habían comido nada en dos días.

—¡Qué bien nos vendría una buena cena esta noche!—dijo el primero.

—Y una cama donde dormir—dijo el segundo.

—Pero como no es posible—dijo el tercero, debemos continuar nuestro camino.

Siguieron adelante. De repente, divisaron a lo lejos las luces de una aldea.

—Quizás allí encontremos algo que comer—dijo el primero.

—Y un lugar donde pasar la noche—dijo el segundo.

—No perdemos nada con preguntar—dijo el tercero.

A los aldeanos de ese lugar no les gustaban los extraños. Cuando se enteraron que tres soldados venían hacia el pueblo, se reunieron para decidir que hacer.

—Por ahí vienen tres soldados, y ellos siempre tienen hambre. Pero apenas si tenemos suficiente comida para nosotros. ¡Vamos a esconderla!—. Y se apresuraron a hacerlo.

Colocaron los sacos de cebada debajo del heno en el desván. Deslizaron baldes llenos de leche en los pozos.

Ocultaron las zanahorias en los arcones y los cubrieron con edredones viejos. Escondieron las papas y las coles debajo de las camas. Colgaron las carnes en los sótanos.

Escondieron toda la comida que tenían y después se sentaron a esperar.

Los soldados se detuvieron primero en la casa de
Pablo y Francisca. —Buenas noches—dijeron. —
¿Tendrían ustedes algo de comer para tres soldados
muy hambrientos?

—Nosotros mismos no hemos probado bocado en
tres días—contestó Pablo. Francisca parecía muy triste.

—Hemos tenido una cosecha muy mala.

Los tres soldados se dirigieron a la casa de Alberto y
Luisa.

—¿Podrían darnos algo de comer? ¿Y un rincón
donde dormir esta noche?

—Lo sentimos mucho—dijo Alberto. —Compartimos
lo poco que teníamos con otros soldados que llegaron
antes que ustedes.

—Nuestras camas están ocupadas—dijo Luisa.

En casa de Vicente y María la respuesta fue la misma.
La cosecha había sido muy pobre y todo el grano debía
guardarse para la siembra.

Y así sucedió con todo el pueblo. Nadie tenía para
darles de comer. Todos tenían sus buenas razones. Una
familia había utilizado todo el grano para los animales.
Otra tenía un padre viejo y enfermo a quien cuidar.
Todos, absolutamente todos, tenían demasiadas bocas
que alimentar.

Los aldeanos reunidos en la calle
suspiraban. Aparentaban estar muy
hambrientos . . .

Los tres soldados conversaron entre sí.

El primero llamó—¡Amigos!—. Los aldeanos se acercaron.

—Somos tres soldados hambrientos, lejos de nuestra tierra. Les hemos pedido algo de comer pero ni siquiera tienen suficiente para ustedes mismos. Por lo tanto, tendremos que preparar sopa de piedras.

Los aldeanos los miraron con asombro.

¿Sopa de piedras? Es algo que podríamos aprender a hacer.

—Primero necesitaremos un gran caldero de hierro—dijeron los soldados.

Los aldeanos trajeron la olla más grande que pudieron encontrar. Si no, ¿cómo cocinar para tanta gente?

—Si no hay otra más grande, ésta nos servirá. Y ahora, ¡precisamos agua para llenarla y fuego para calentarla!

Se necesitaron muchos cubos de agua para llenar la olla. Se encendió una fogata en medio de la plaza y se puso a hervir el agua.

—Ahora, por favor, necesitamos tres piedras grandes, redondas y lisas.

Estas fueron fáciles de encontrar.

Los aldeanos miraron asombrados mientras los soldados echaron las piedras en la olla.

—Toda sopa necesita sal y pimienta—dijeron los soldados mientras revolvían el agua.

Los niños corrieron a traer sal y pimienta.

—Se puede preparar una buena sopa con piedras como éstas, pero si tuviéramos zanahorias, quedaría aún mejor.

—Ahora que recuerdo, me parece que me quedan
una o dos zanahorias—dijo Francisca, y salió corriendo.
Regresó con el delantal lleno de zanahorias: las que
había escondido debajo del edredón rojo.

—Una buena sopa debería llevar col —dijeron los soldados, mientras echaban las rodajas de zanahoria en la olla.

—Pero para qué pedir lo que no hay.

—Creo que podría encontrar col en alguna parte—
dijo María y se fue de prisa a su casa. Regresó al rato con
tres coles: las que había escondido debajo de la cama.

—Si solamente tuviéramos un poco de carne y
algunas papas, esta sopa podría servirse en la
mesa de un hombre rico.

Los aldeanos se quedaron pensativos.
Recordaron las papas y la carne que guardaban
en el sótano y corrieron a buscarlas.

La sopa de un hombre rico . . . y hecha tan
sólo con piedras.

¡Parecía cosa de magia!

¡Ah! suspiraron los soldados mientras echaban la carne y las papas.

—¡Si pudiéramos conseguir un poco de cebada y una taza de leche, esta sopa sería digna de servirse al mismo rey! En realidad, él nos pidió una sopa igual a ésta la última vez que cenó con nosotros.

Los aldeanos se miraron unos a otros. ¡Los soldados habían cocinado para el rey! ¡Vaya sorpresa!

—Pero para qué pedir lo que no hay—dijeron los soldados resignados.

Los aldeanos trajeron cebada del desván y leche de los pozos. Los soldados vertieron la cebada y la leche en el caldo hirviendo, mientras los aldeanos miraban asombrados.

Al fin la sopa estuvo lista.

—Ustedes la probarán también—dijeron los
soldados.—Pero primero debemos poner la mesa.

Se instalaron grandes mesas en medio de la plaza,
rodeadas de antorchas encendidas.

¡Qué sopa! ¡Y qué bien olía! Verdaderamente digna de un rey.

Pero justo entonces, los aldeanos se preguntaron:
—¿Con una sopa como ésta no vendría bien un poco de pan, un buen asado y sidra?—. Al poco rato el banquete estuvo listo y todos se sentaron a comer.

Los aldeanos nunca habían tenido tal festín. Jamás habían probado una sopa como ésta. ¡Y hecha tan sólo de piedras!

Comieron y bebieron, comieron y bebieron y
después bailaron.

Bailaron y cantaron hasta bien entrada la noche.

Al fin quedaron rendidos. Entonces los soldados
preguntaron —¿Habrá algún granero donde podamos
pasar la noche?

—¿Permitir que unos caballeros tan nobles y sabios
como ustedes duerman en un granero? ¡Imposible! Se
merecen las mejores camas de la aldea.

Fue así que el primer soldado durmió en la casa del sacerdote.

El segundo soldado durmió en la casa del panadero.

Y el tercer soldado durmió en la casa del alcalde.

A la mañana siguiente todo el pueblo se reunió en la
plaza para despedir a los soldados.

—Muchas gracias por lo que nos han enseñado—
dijeron los aldeanos.

—Ahora que sabemos cómo preparar sopa de piedras, nunca más volveremos a pasar hambre.

—No hay de qué—dijeron los soldados. —Todo está
en saber cómo hacerlo—. Y siguieron su camino.

"HOMBRES ASÍ NO SE ENCUENTRAN TODOS LOS DÍAS"